句集 持ち時間

眞鍋倭文子

文學の森

序

眞鍋倭文子さんが住んでいらっしゃる鏡島《かがしま》という地は、古くからの集落である。岐阜市の西に位置し、長良川と中山道に挟まれている。豊臣秀吉の検地帳に千四百石と載っている程だ。田は少なく、ほとんどが畑地で、昔は麻畑、桑畑があった。大根を多く作り、中山道の並木に大根を架け、干大根として売っていたという。近くには「小紅《おべに》の渡し」という長良川の渡し場もあるし、弘法さんの寺として知られる乙津寺《おつしんじ》がある。

倭文子さんの御主人は三代続いている産婦人科のお医者さんである。槙垣にぐるりと取り囲まれた大きな旧家が今も残っている。倭文子さんは開業医の、しかも産婦人科という特別に忙しい医者の奥様として御主人を助け、大変なお仕事をなさってこられた。三人の子供、七人の孫の世話、槙垣の家をはじめとする家や土地の管理など、それこそ八面六臂の活躍が今も続いているのである。

その間に続けられておられた俳句をまとめ、ここに一冊の句集を上梓されることとなった。いくつかの句を取り上げて、倭文子さんの人となり、個性、魅力をご紹介したい。

まんぢゆうのやうな子にやるお年玉

倭文子さんには三人の子供がいて七人の孫がいる。彼女は頼りになる親であり、おばあちゃんである。「まんぢゆうのやうな子」という句を見れば、誰でもその子供の様子が目に浮かぶ。そしてその子供を見守る倭文子さんの温かいまなざしが、こちらの胸にも沁みとおってくるのである。

魂は攫《さら》はれまいぞ磯さざえ

東北の大震災を思っての句である。〈みちのくの空に開けよ紫木蓮〉の句が前に置かれているのでわかるが、さざえの句だけ単独に読むとよくわからないだろう。磯さざえが擬人化されているのだ。さざえは磯の岩にしっかりと張りついている。そこへ大津波がざんぶりと襲って来て、岩から剝がされそうになる。がんばってしがみつくさざえもいれば、剝がされて波に攫われてしまうさざえもいる。だがたとえ身体は流されても魂は負けはしないのだ。

雉《きじ》走る急ぎの用のあるらしく

鳥の動きを見ているのは面白い。雀や鴉や鳩や鶏。これらふだんよく見かける鳥も、じっと観察していると、自分が熊谷守一になったような気がしてくる。「雉」はそうしょっちゅう見かける鳥ではないが、畑や畦道で見かけることがある。雉のお母さんがちょこちょこと走り出す。まあ、あのお母さん雉も大変ねと、倭文子さんは自分になぞらえてほほえましく思うのだ。

ぎふ蝶の羽化するあたり静かかな

ぎふ蝶は美しい蝶だ。あげは蝶の仲間。黄色と黒の太い縞模様が特徴的である。春になると山野や林の中をゆるやかに飛ぶ。収集家に珍重される蝶といわれている。羽化するときの神聖な瞬間。その静寂。森の中の生き物たちのざわめきが、一瞬静まる。私にはなぜかこの蝶が、倭文子さんの化身のように思われるのだ。

栗の花くぐりて夜の川流る

不思議な静けさを持つ句。ここには人間はいない。主人公は川である。しかも夜の川というのだから暗闇の世界なのである。川岸に大きな栗の木があり、ほの白い房のような花をびっしりとつけている。川の流れは油のようにねっとりと音もなく黒く流れてゆく。あたりには栗の花の濃厚な匂いが漂う。煽情的な匂い。栗の木のかたわらに立ち、流れゆく夜の川を見ている作者は消えて、栗の花の匂いがすべてを包み込んでゆくのである。

岐阜提灯裂けて途方に暮れにけり

岐阜提灯はお盆に使われる。細い竹に薄い美濃紙を貼り、美しい絵を描く。岐阜ではどの家にもあるし贈答にもよく使われる。薄く繊細な造りで畳まれているので、使う折には神経を遣う。親戚からいただいた古く立派で上等な岐阜提灯。毎年お盆になると取り出してお仏壇のそばに飾るのである。ところがとうとう今年は紙がやぶれてしまった。何事も易々とこなしてきた倭文子さんも、さすがに途方に暮れるのであった。

最後まで飛びこまぬ子よ川遊び

男の子はけっこう臆病で慎重なところがある。皆で川で遊んでいる。見ていると自分の子だけが飛び込みをしない。母親にだけわかる微妙な気持ち。

小さき手に囲はれ蛍怖からむ

こんな視点から詠まれた句は珍しい。たしかに、子供の小さな汗ばんだ手に捕《つか》まった蛍はどんなに怖いことだろう。

母の日や来ぬと思へばくる子供

母の日は母にとっても子にとっても微妙な神経を遣う日だ。子は何をプレゼントしようかと迷うし、母はプレゼントはいいから顔を見せてくれないかしらと思う。掲句は子供がお花を送ってきたからもう来ないのだろうとあきらめていたら、ひょっこり現われた時の母の気持ち。やっぱりとてもうれしいのだ。

　けふからは百姓となる麦藁帽

歳をとってようやく現役から少し遠ざかった夫。「よーし、今日から菜園で働くぞ。おいしい茄子や胡瓜やゴーヤや南瓜を作って食べさせてやるぞ」とはりきって腕まくりしてござるのだ。

　遠目にも我が子は見ゆる入梅《ついり》かな

空がどんよりとして朝から雨が降ったり止んだり。いよいよ梅雨に入るのか。子が忘れた傘を持って学校へ行ってみる。グラウンドにはけっこう沢山子供達がいる。それでもなぜか、自分の子供はすぐに見つけることができるのだ。

　貰《もら》ひ手のなき苦瓜を引き受けぬ

倭文子さんはこういう人なのだ。苦瓜でもなんでも余ってしまって誰も貰ってくれないとき、「いいわ、私がいただくわ」と言ってくれる人なのだ。

冬薔薇《そうび》くもりガラスにふれてゐる

お洒落な句。「くもりガラス」は窓だろう。外に薔薇が植えてある。ひょろ長い茎、赤い花がてっぺんに咲いている。ガラス窓にその花や蕾や緑の葉が触れているのだろう。部屋の中は暖房で暖かいのでガラス窓がくもっているのだ。ひんやりとした外気、ガラス窓、煉瓦の壁、硬質な薔薇の花。これはどうしても冬の薔薇でなくてはならない。

嫁入りの重き布団に耐へにけり

旧家に嫁いで来た倭文子さんは、それは大変であったと思う。でも彼女は愚痴ひとつ言わず、静かに微笑んで自分の出来ることをし、家族の世話をしてきた。それが倭文子さんなのだ。

眞鍋倭文子さんとのおつきあいは、思い返してみるとけっこう長いものであった。「濃美」主宰の渡辺純枝さんのご自宅での「むらさき句会」でお会いして以来なのである。

やがて倭文子さんは「古志」に入会され、私がお世話していた「古志」愛知支部の吟行会に参加されるようになった。私が「円座」を立ち上げたとき、創刊同人にもなって下さったのだった。

倭文子さんと私は、不思議な細い赤い糸で結ばれていたのだろう。このたび倭文子さんが「円座」から句集を出されることとなり、私が序文を書くこととなったのも、その不思議な赤い糸がつないでくれたご縁だったのかもしれない。

平成二十七年七月

武藤紀子

句集　持ち時間＊目次

装丁　クリエイティブ・コンセプト

句集

持ち時間

新年

お正月勿体ないほどもてなさる
御《ぎょ》慶《けい》とて鯛の風干しささげ来る

機長より富士見えますと御慶かな

まんぢゆうのやうな子にやるお年玉

初鏡後ろ姿を正したる

卒寿なる母の笑顔や初写真

宇治橋の木の香かぐはし初詣

福笹を高くかかげてすれちがふ

裏白のちぢれてをりぬ三が日

腑に落ちるまで辻占を福寿草

どんど焼き青竹どうと倒れたる

昨日のどんどの香り残りゐる

春

しらみつつ昇りゆくなり春の月

透明なガラスの外の春の雪

ゆっくりとゴムまり流れ春の川
満願の寺へと続く夕桜

燕飛ぶ同心円の中にゐる

細けれどねばりて強しはこべの根

春の夜の音かすかなり電子辞書

木の上に猫二匹ゐる日永かな

蒲公英《たんぽぽ》の匂ひしてをる赤ん坊

犬と犬挨拶するや万愚節《ばんぐせつ》

花びらを掬《すく》ふ小さな熊手かな

桜並木夜は静かなり角館《かくのだて》

咲きしまま冷ゆる桜や角館

田の中に浮島のあり春の雪

形見なる包丁を研《と》ぐ余寒かな

花冷えの闇に待たされゐたりけり

打ち捨てし大根に花白きこと

枝々の先の先まで桃の花

牡丹の芽やはらかにして強きもの

佳き人の帯にかかれし花の山

春の鹿一番ホールの傍《かたわ》らに
裏庭は一面はこべになつてをり

来年の花は見れぬと言ふ人と

春浅し熊笹を刈る大男

ぎふ蝶の羽化するあたり静かかな

春の水御手洗《みたらし》池に流れ入る

鉋《かんな》研ぐ男の背中燕飛ぶ

犀《さい》川は豊かに流れ梨の花

虻凧《あぶだこ》のうなりの音が高きより
切れ凧を目がけて走る犬と子と

春の陽《ひ》の差しこんでゐる舟屋かな

下駄箱の上に一本土筆《つくし》かな

母を待ちキャッチボールの日永かな

虻爪は揚がるを待てず唸《うな》りだす

対岸も競ひて凧を揚げはじむ

いつの世も祈りは深し草青む

つちふるや句帳開けば眠くなり

京の雨藤の花房育てたる

幼稚園バス来て菫《すみれ》打ち捨てぬ

約束の人来るぼたん雪の中

春障子勤《ごん》行《ぎょう》の声途切れなし

我が家からことに見目良き春の山

亡き人の遺《のこ》せる種を播きにけり

風船が夜の天井を漂へる

連翹《れんぎょう》のうねりの波にのみこまれ
凧揚がる太鼓の音を力とし

すんなりと揚がり連凧光りをり

薄氷割りゐて列に遅れけり

みちのくの空に開けよ紫木蓮
魂は攫《さら》はれまいぞ磯さざえ

自転車の少年燕のごとく去り

春の星子を育てたる針仕事

巣作りを止めしはなぜと問ひ続く

牛くさき町に赴任す新教師

雉《きじ》走る急ぎの用のあるらしく

手作りの凧晴れ晴れと揚がりけり

春キャベツ丸ごと鍋に押し込んで
へろへろとすくひ上げたる蕨餅《わらびもち》

持て余すほどのきな粉を蕨餅

やすやすと爪揚げて去る男かな

子を想ふ心は切に松の芯

島へ行く船の汽笛の春めけり

春暁《しゅんぎょう》の舟の汽笛に目覚めたる
蝶々を追ひかけてゐて遅れし子

水田にお玉杓子のゐるわゐるわ
来年も見むこの桜この人と

夏

飛行機雲きれぎれとなり大夕焼

握りては嗅《か》いでは新茶確かめぬ

足首の細き女の白うちは

家蛇を追ひ出す声や夕《ゆう》餉《げ》時《どき》

アマリリス一つの鉢に一つ咲き
水すまし水をしぼりて進みゆく

玄関の守宮《やもり》と待てる子の帰り

ががんぼは足を落として逃げゆけり

蜘蛛《くも》の子の宙に漂ふ夕べかな

赤ん坊を見るやうに見る牡丹かな

船倉の船を曳《ひ》き出し夏祭

裏口に海の来てをり葦《よし》障《しょう》子《じ》

パナマ帽深くかぶりて牧師来る

次々に鉾《ほこ》立ち上がる大路かな

栗の花くぐりて夜の川流る

鋸草《のこぎりそう》添へて仏花を仕立てたり

飛魚は羽を広げて売られをり

擬《ぎ》宝《ぼう》珠《し》の辺り雨音激しかり

やすやすと手の中にある蛍かな

新しき提灯をさげ鮎の宿

正座して鵜舟を待つてゐたりけり

川風に鮎の香のあり長良川

鵜の綱を一つ任され鵜匠《うしょう》の子

父と同じ装束でをり鵜匠の子

疲れ鵜の一声ないて籠に入る

帰省子に聞くアメリカの話など

裸子《はだかご》をしつかり抱いて川に入る

噺家《はなしか》のするりと脱げる夏羽織

岐阜提灯破らぬやうに広げたり

岐阜提灯裂けて途方に暮れにけり

引き出しに遺れる父の扇子《せんす》かな

病人に大きすぎたる渋《しぶ》団扇《うちわ》

汗の子を抱いて重さを持て余す

夏痩せの我が子を美《は》しと見上げたる

どう見ても一匹足りぬ金魚かな

尺取《しやくとり》は蔦《つた》の小枝になりきつて

黒百合を一輪入るる棺の中

黒百合や洗礼を受け召されしと

服脱いで日焼けの肩を誇りけり

遠く来て隣人に逢ふ蓮見かな

我のみぞ知る翡翠《かわせみ》のをる所

炎昼やぼんやり見ゆる竹生島

花莫《ご》蓙《ざ》を撫《な》でて眠たくなりにけり

花莫蓙をしいて新たな部屋となる

芳《かぐわ》しき花茣蓙を這ふ赤子かな

夏手袋どれも片手となりにけり

頰寄せて苺見てをる園児かな

梅雨空のまん真ん中に観覧車

道一つ入れば静か花火の夜

唐突に花火終はつてしまひけり

兵児帯《へこおび》の何度もとけて夏祭

客を待つ十枚揃ひの夏座布団

守宮の子挟まぬやうに戸を閉むる

炎天に出《い》でて眼《まなこ》を焦《こ》がしたる

伽羅《きやら》たいて母の忌日《きじつ》の涼しかり

梅花藻《ばいかも》の流れて深き緑かな

かなぶんの羽音が一つ聞《もん》得《とく》寺《じ》

対岸の山に響きぬ揚《あげ》花《はな》火《び》

故郷の土手に寝ころび花火見る

最後まで飛びこまぬ子よ川遊び

老《ろう》鶯《おう》に扉を開き山の家

鵜の群れは海に向かひて静かなり

麦秋の電車鉄橋轟《とどろ》かせ

燕の子すみか壊して巣立ちけり

独り居の我に雷落ちにけり

早く採れよと豌豆は風に揺れ

柿若葉観音堂を埋めたる
揺れてゐる蔓《つる》の蛍をたぐり寄す

小さき手に囲はれ蛍怖からむ

山越えて三《さん》光《こう》鳥《ちょう》を見にゆかむ

父に手をそへられ線香花火かな

夏末明白樺の幹見えてきし

頭上には城ある川の鵜飼かな

鵜《う》篝《かがり》の見え隠れして近づき来

蝙蝠《こうもり》の地にはらばふは恐ろしき

美しき足裏を見せ昼寝かな

翡翠に決まつて止まる枝のあり

羅《うすもの》を脱ぐや体の軽くなり

蚕《そら》豆《まめ》の誰も採らねば採つてやる

母の役いつ迄出来る瓜の花

浮輪の子自転車に乗り走り去る

蛍狩り上《かみ》の橋から下《しも》の橋

入水《じゆすい》せしごとくに消えし蛍かな

眼の玉の底まで焦がす酷暑かな

家ぢゆうに蚊遣火の香の満ちてをり

ひらひらと飛ぶ蝙蝠を追ひにけり

亀の子をそつと隣へ渡しける

行水の水を温《ぬく》めてゐるところ

夏霧の川を上りて我が家に
ゆつくりとベッドを起こし夏の月

母の日に母になりたる娘かな

名を付けてやりし赤子よつばくらめ

草取らむ蚊よりも早く起き出して
蒲《がま》の穂や雨の来さうな空の色

天皇の放ちし鮎や長良川

香《かぐわ》しき茅の輪をくぐる夕べかな

辻ごとに椅子持ち出して花火かな

草の葉に載せて蛍を渡しけり

根尾川の川の香りの鮎を食《た》ぶ

腕組みをほどき青田に入りにけり

じりじりと西日の端に攻め込まれ

本堂に修行さながら西日受く

夏痩せの目玉ぎょろりと睨《にら》みたる

留守宅を守る尻尾のない守宮

いつまでも花瓶に残り蒲の花

母の日やばたばたと来て散らかして

母の日や来ぬと思へばくる子供

知らぬ子ものぞきに来たり手の蛍

鉋屑《くず》吹けば現はるかぶと虫

丁寧に名を形《かた》代《しろ》に記しけり

けふからは百姓となる麦藁帽

炎昼や鳥の落とす何やらむ

両肩を出して女の祭笛

この園のすべての薔薇の香を嗅がむ

夕されば かすかに縮れ花菖蒲

梅雨入りや男も髪を束ねたり

遠目にも我が子は見ゆる入梅《ついり》かな

校庭に香る花あり蜜柑なり

母の日や夫《つま》に花束贈らるる

炎昼に出て行く気《き》概《がい》未だ持てる

空腹に耐へかねて起き夏休み

太もものまぶしき紺の水着かな

いつ胸の中に入りしか天道虫

ばら園の薔薇の香少しづつ違ふ

プール出て束ねたる髪ほどきたる

父祖の家埋めてはならじ草を引く

あやめ草総大将は目立つべし

雲の峰この大門より高野山

持ち時間あとどれくらい時計草

極楽の香を漂はせ時計草

オフェーリアを花藻の川に浮かべたし

雲の峰女も外に出るべしと

髪こがすほどに花火を浴びにけり

形見分けとてなにもなし月見草

悪党の面構へなる髪切虫

御来迎ともに見し母若かりし

秋

新米の紙の袋のごはごはと
鉦《かね》叩《たたき》まだ鳴いてゐる生きてゐる

日の暮れの早き谷間や稲を刈る

おほひしくひ大きな胸を風に向け

足長き鳥歩みをる刈田かな

橡《とち》の実や袖に拭ひて渡さるる

秋風の軒先に船吊しある

名月や赤き火星を従へて

本堂は焼けて色なき風の中

台風がポプラ倒して行きにけり

花蕎麦《はなそば》の真つ只中や今日の宿

落ち鮎を煮て静かなる夕べかな

登《とう》高《こう》や川のうねりの良く見ゆる
その中に埋もれて選《すぐ》る柚《ゆ》の実かな

白隠の寿の文字良夜かな

師と共に波を見てをる良夜かな

枳殻《からたち》の実のりんりんと鳴りさうな

子が二人団扇であふぎ盆の僧

霧晴れて白樺林あらはるる
ぐんぐんと満月昇り来たりけり

木犀の香りの中に降り立ちぬ

衝羽根《つくばね》の一枝今年も届けらる

伊那谷の野分《のわき》の中を退院す

校庭の数珠玉はみな採られけり

生きてゐて桃をすすれる朝《あした》かな

両親にぶら下がり行く花野道

貰《もら》ひ手のなき苦瓜を引き受けぬ

卓上の団栗小さき根を出しぬ

障子貼る孫を遠くへ追ひやつて

美しき七夕竹の届きたる

月鉾《つきほこ》の形の月が空にあり

盆の客帰り己《おのれ》の老いを知る

鈴虫を放ちてやりぬ旅前夜

寄り付きはどんぐりの実の降る所

冬瓜さげ修学院の離宮道

紅葉降る石の仏を埋むほど

いくたびも月を見上ぐる通夜帰り

越前の里芋丸しむきやすし

畳みつつ丁寧にとるゐのこづち
衣《きぬ》被《かつぎ》土のにほひの残りたる

百年はほんの束の間鵙《もず》の声

数珠玉の色未だなくて風の中

鬼柚子の机上に一つ母の留守

団栗の起き上がり小法師《こぼし》すぐ倒れ

なめらかな首すぢをたれ雌鹿かな

長月の明るき縁にうちとけて

サフランや外交官の妻となり

ほほづきや女きやうだいあらまほし

空の上《え》の風入れかはり今朝の秋

母親の髪の香りや運動会

里帰りの嫁新米と戻りけり

西瓜切り二分の一を教へたる

輪の中に浴衣の院長踊りゐる

萩の風遠くより呼ぶ声のして

冬

収穫祭バンジョーの音風に乗り

茶の花や鵜匠の家は静まりて

木の葉雨ままごとの後そのままに

片耳を垂らしてゐたり雪兎

ねんねこの店番のをる時計店

石にのる鴛鴦《おしどり》もをり笹の雪

くちばしを鳴らし白鳥寄り来たり

美しき僧に従ふ小春かな

鮟《あん》鱇《こう》のだらりとのびて餅のごと

鮟鱇や何の因果か吊されて

気に入りのお面をつけて七五三

冬薔薇《そうび》くもりガラスにふれてゐる

まだ庭師居る気配せり日短

手袋を首から下げて笑ひをり

雪だるま木の枝の腕高く上げ

冬帽子鼻の高さの際《きわ》立《だ》ちて

氷点下修行のごとく散歩せり

牡蠣《かき》筏《いかだ》浮かべる湾の日の出かな

柿落ち葉拾ふを母の日課とす

よそゆきの顔して売られ京人参

切干の良く乾きたる香りかな

法《ほ》螺《ら》貝《がい》の音伴ひて寒の僧

刃をいれてぴしりと音す寒大根

行く年や鬼高笑ひしてゐるか

嫁入りの重き布団に耐へにけり

両親の仲直り告ぐ息白し

見覚えのある手袋の雨にぬれ

京野菜売る短日の橋の上

その人の肩借り靴の雪はらふ

餅つきや這ひ這ひの子の機嫌よく

三日ほど厨《くりや》に生きて冬の蝶

翅《はね》のすそほつれてをりぬ冬の蝶

着膨《ぶく》れて懐《ふところ》の犬覗かせる
鬼やらひ女子なれども頼もしき

ねんねこの中のリボンの動きゐる

日記買ひ己が齢《よわい》を書き記す

寒満月最も遠くありにけり

あとがき

夫の故郷、岐阜市鏡島に住んで四十年たちました。

長良川は、歩いてほんの数分のところです。

堤防からは、東に岐阜城をいただく金華山、西に伊吹山の雄大な姿が望めます。

最初にこの景色を見たとき、「なんと美しいところだろう！」と心から感動しました。

早春の地域を挙げての凧揚げ、左義長、夏の鵜飼、蛍狩り、秋の落ち鮎の瀬張り漁、白く輝く雪の伊吹山など四季折々の変化に富んだ自然に癒され、励まされて来ました。

「むらさき句会」の渡辺純枝先生（現「濃美」主宰）には折に触れて丁寧なご指導をいただきました。

「古志」の長谷川櫂先生には、「俳句は濁っていてはいけない」と御教示いただきました。

現在の「円座」主宰の武藤紀子先生はリーダーシップにあふれ、明るく熱く指導してくださいます。

「その人の個性を大事に。自分らしく」という句会は、いつも和気藹々《あいあい》としていて、座を同じくする一員として嬉しい限りです。

今回の初句集では、武藤先生に選句をしていただき、身に余る序文を賜りました。細やかなご助言をいただき、厚くお礼申し上げます。

題名は、

持ち時間あとどれくらい時計草

からとりました。庭に時計草があり伐らずにいたら、どんどん蔓を伸ばし毎年たくさんの花が良い香りを漂わせます。

聖路加国際病院の日野原重明先生が、小学校で「いのちの授業」をされている映像を見たことがあります。その時先生が、十歳の児童に「命とは何でしょうか？」と問いかけられました。そして「命はあなた達が持っている時間です。貴重な時間を大切に使ってください。そしてその時間の一部を人のために使ってください」と言われた言葉に感銘を受けました。

今年百四歳の日野原先生は、夫の父と大学の同級生でした。日野原先生のことを聞きますと父を思い出します。父は三十五年前に他界しましたが、晩年俳句を趣味としていました。

細々とではありますが俳句を続けてきて句集を出すことが出来、ありがたいことと思っております。

「文學の森」の皆様に大変お世話になりました。

今はまだ小さい孫たちが、いつの日かこの句集を読んでくれることを願って、ふりがなを要所につけました。

日本語の豊かさ、繊細さは汲めども尽きない泉のようです。これからもいろいろな人の俳句を読み感動しつづけ、自分自身も作り続けて行きたいと思います。

平成二十七年晩秋

眞鍋倭文子

著者略歴

眞鍋倭文子（まなべ・しづこ）

昭和22年10月生れ
平成10年　「むらさき句会」入会
平成12年　「古志」入会
平成23年　「古志」退会、「円座」創刊同人

現住所　〒501-0123　岐阜県岐阜市鏡島西2-19-5

句集 持《も》ち時間《じかん》

円座叢書9
発　行　平成二十七年十一月十九日
著　者　眞鍋倭文子
発行者　大山基利
発行所　株式会社　文學の森
〒一六九-〇〇七五
東京都新宿区高田馬場二-一-二　田島ビル八階
tel 03-5292-9188　fax 03-5292-9199
e-mail mori@bungak.com
ホームページ　http://www.bungak.com
印刷・製本　小松義彦

ISBN978-4-86438-465-0　C0092